36

第 3 6 届 青 春 诗 会 诗 丛

《 诗 刊 》 社 编

# 时间附耳轻传

苏笑嫣　著

长江出版传媒

长江文艺出版社

苏笑嫣，1992年生，蒙古族，中国作家协会会员，就读于北京师范大学与鲁迅文学院联办研究生班，参加2018年全国青年作家创作会议。出版有诗集《脊背上的花》、长篇小说《外省娃娃》等著作七部。获《诗选刊》2010中国年度先锋诗歌奖、第三届中国青年诗人奖等奖项。

# 目　录

## 辑二　超越风的姿态

辑 一

# 时间附耳轻传

# 夜课听雨

在夏末的雨夜中
我坐在教室的窗旁
雨声敲打楼体，使教授的声音
和纸张的翻动，成为沙沙作响的背景。
宛如朦胧的轻柔，在这个夜晚
我感到一种无限愉悦的安宁。
爬藤植物湿润、油绿，在窗外
而紫色的夜深沉，如敞口的黑釉陶罐
如我空静的心，承接着黑色的凹陷的水
讲台上方的时钟保护着此刻的宁谧。

这是一种熟悉的遥远
我与未知之物彼此相倚
雨使时间浮起，在这样的夜晚
我们从自身中短暂地缺席。
顺从脱去重量的空气的质地
让思想从更多的天空
流入庭院中想象的池塘。
这就是那面镜子
躺卧，完整，仿佛恒久——
虚无完成的远比生活完成的更多。

雨声中，教室越来越满地合拢着自己
在被黑暗的树影轻擦着的墙壁里
寂静坐定
我们在其中用双手舀
在秘密垂落的罗盘里。

# 风暴燃灯者

突如其来的闪电抓紧房屋

雨点猛敲，如上半年密集的恐惧

这是星期四的夜晚，你从日记里

写过无数次的那条小路回家

更多的汽车仍在河流中回旋，如同

童年澡盆里的模型玩具。三楼窗外

银白色的大江在天空奔流

但窗内，空气恒定，几只黑色小虫

用力扒住灯罩，固有的抗拒

每一场风雨都心不在焉

力量却足以使雨刷忙碌于摇摆

这徒劳的反抗，多么令人疲惫

零落者困于潮头，被风暴的拍打所占据

其下生活的混凝土却仍然坚实

安全就是反复受潮

向时间递交不断续签的协议

还有多少债务需要缴纳

还有多少未卜的裂隙需要售后处理

除了流水，什么都未曾远去

房屋完整，牢固，钢筋贯穿如同脊椎

在你敲敲打打、生出锈迹的身体

你深知每一处灯光都是一处不幸
为永恒的风雨所冲洗
它们越过虚假而枯燥的社交辞令
有的剥落如怆然的细屑
有的皑皑，时刻准备着承受袭击

# 我信任未曾说出的所有

我锁骨上的桃花先于春天开了
你引领我走入不再归还的暗流
我们真的在冬天的身体里了吗
放眼望去　一片叶子跟着另一片叶子飘摇
一个人跟着另一个人走进风中

"为什么这个傍晚和其他的傍晚如此不同？"
夜幕在我们的身后垂落　爱拃在清凉的露水之中
鸦群飞起的时候　我们仰望夜空
你的手是王国　新的沉静从那里诞生

生活无疑是宏大的　我们也都曾见过命运颠覆
迷失的时辰里我们漫行款款　树梢在动
所有的话语都吹散在风中
总有云朵隐匿着雷声　我们不知道是哪一朵
也总有岁月的刀　会划过苍茫顾盼的前路

然而月色是刚刚好的　夜与时间都静静停驻
当我站在你身边　你听见了吗　我生命里的
花朵、火焰、暴雨、寒冬　和所有寂寞的呼声
把你的沉默、恐惧、忧伤、希冀也交给我

连同哀叹和高傲　艰辛和孤独

天黑到心里了　哪怕是一点点爱点亮的一点点灯
都足以让我们站在彼此的身后
对于那些来不及相识的岁月　和分道而行的
日后的可能　也都值得去谅解与宽恕
那么冷了　那么多的人事都退却了　你还在
那些沉默中的未尽余言　也就不需要再多说了

# 秘　密

就剩下我们了
很多人不知去向　黄昏踩过旷野的草场
日头落下的过程带来巨大的沉寂
沉寂　让一整个草原不敢发声

整整一个下午　我们行走在氤氲的炙热里
看大片的绿　然后看风慢慢移动　把绿移进金黄
你不在的时间是安静的　我也是安静的
那时候我毫不怀疑　你会一直出现在我身后

八月的轮迹间　草原慷慨　守望生命的弧线
我们并肩坐在暮色里　而暮色又逐渐被调暗
锋利而温柔的震撼　日落在你眼中荡漾　并凝重
你我在刚刚熟悉起来的陌生里　来回躲闪

如同夏夜暴雨般骤然显现　星光就要漏下来
夜从山坡俯冲而下　悄悄掩去了我们的来路
我满腹柔情　又心载遥远
怀揣的礼物或有悲凉的温暖

半个月亮爬上头顶

如同此刻欲盖弥彰的留白

# 夜晚守口如瓶

晚风满载露珠的凉意　而夜晚松香般宁寂
黑暗里我们沿弯曲的山路沉默地走着
时间丝丝入隙
八月　草原的夏夜一无所有　荒野四合
月亮升起的时候　照亮山川般起伏的内心

时间突兀如塔　在江湖之远
我们摒弃了自己的姓名　当你说"你"
星辰跃生于连绵的山顶
我们探索着彼此的语言　却窘迫于手指的相遇
该如何处理词语的琐碎　何况　夜踌躇而隐蔽

风来了　擦刮着土地——风飘散出原野的战栗
有人在阴影中入睡　而你带领我到无尽的边际
蓝色的夜有霜雾　蓝色的骨骼内部
滚动着反复的犹豫　现在：犹如过去　遥不可及
我们所经过的地方　都将成为我们的陈迹

人间荒草荒凉如水　风中星辰此消彼长
落入眼中的　有含义模糊的动荡　我信任
这样的短暂　如同信任那些　有去无回的期许

星系永恒如此刻　而我们将爱过

于震落之中　提心吊胆　又铺天盖地

# 一去不返的下午

带着不曾对他人提起的某种隐秘情绪　我们倾身
向上穿越双合尔山　从白昼与夜晚之间的缝隙
暮色千里　河滩盛满夕阳的余晖　而草甸的下降安宁
我们紧坐　如西侧两片随风偶遇的流云

一些事物反复重叠　一些词语射出　然后被时间截停
——它们悬而未决的姿态令人入迷　万里江山皆过客
不如抛弃此处的悲欢离别　只静坐　如隔岸观火
不说未来　不谈永远　只占领此刻的一平方米

美丽的事物来之不易　当义无反顾　如此刻
白塔高挂明月　云层流转浩荡有如暴雨振翅
我喜欢你看向我时　目光中雨水西倾的样子
就该酒后打捞楼台　在木舟上深深刻下反叛的痕迹

立秋已过　落日浩瀚　万物燃烧皆有赴死之心
这一刻　我依然喜欢　这些晚霞哀而不伤的平静
瞬间在不断剥离　远去　随黄昏大举撤军
我们所能做的只是　缓缓走下台阶　直到岔路口莅临

返程路上　群鸟忽鸣掠过我们的头顶
寂寞的元音雪屑般旋飞　短促地　代替我们用力地辞行

# 而我们也不再停留

尔后我们看着我们的话语落下
就像蛾子盘旋，无声掉落的粉尘
到了这地步，我们已做了所有我们能做的

为一场盛大的晚宴，我们采购
食材，器皿，装饰，鲜花，彼此的忍耐
和他人的注视。但日子在日历上溜走

成为不可抵达的概念。到了这地步
我也懒于悲伤，只有屋子里的寂静惶惑
在精致的玻璃碗里鸣响，并试探着

一种我早已熟悉的易碎。我们不要
惊醒它们，何况一切无可指摘。也无需躲避
臆想中的言语之刃。既然词语和宁静

在缓慢的攀升中，已托付于令人厌弃的
空无样的撤退。秋天也在撤退。日子
会随着寒冷而斑驳下去，所有的植物

都会枯萎。不过是空洞的悲伤，临时的

生活。发生在我们身上的事情，没有标记
这就是我们的回报：在时间的虚构里，一切

含糊其词。凝重而美丽的薄暮中，沉默
金子般持续地垂临。我看见那些飘浮之物
消失在夜晚的闭合里：轻盈地，逐渐地

# 无声告别

在岁末的冬日，一切都应该被原谅。
包括悔恨与伤痛，包括你我各自的懦弱。
今天我走了长长一段路途，
和短命的太阳一样顺应了天气。
今天我伫立在冰冻的河边，长久地沉默，
像惨淡的影子一样，我重新感到心平气和。

无需把失而不再复得的时光拿出来，反复丈量。
在期待之上，在我们对自己重复的谎言之上，
我们曾受到了怎样的迷惑：手造一个幻影，
将生活的梦境，寄托于对方的身上。
受雇于激情的潮水领受了回去的路，街道安静，
记忆是一颗掏空的心上，沉重的硬壳。

只有不断增长的寂静——这已足够，我一无所求。
寒风毫无缘由地撞击在我身上，太阳继续走它的路。
冰冷的时间穿过我们时，陌生的路途已遥遥在望。
——多么快，生活的囚徒已被遣送到明日的边缘。
无需穿过玻璃来向我告别，
当我独自走在泥泞的雪地里，
苍鹭鸟悲伤地在水边嘶鸣，一遍又一遍。

# 在一切日子里漫行

突然的落雪总是让人落寞，
但更落寞的是，下雪的消息没人可以分享。
这一场雪，没有同时落在我们的头上。
那条我看不见的河流，一定覆满了冰霜，
黄澄澄的路灯下，雪花一定舞动得曼妙。
寂静，空旷，清与冷的世界，
就像我们一同看过的一样。

往事轻如梦境，过去的自己，可望而不可即。
也曾走过漫漫长路——
我们采撷了那么多金黄的叶片，
当深秋莅临，沉静而辉煌。
一个幸福的光斑在我的额头上照耀，
一个温暖的怀抱突然抱住了悲伤。

彼时空气是冷冽的，我们一同分享过的，
就像现在一样。现在，我处在一个一无所有的地方。
爱情穿过寂寥的远天，消失不见，回报以慰藉。
唯有风，携霜带雪的风，在天色转黑时
勾画出终点。房屋坐落在理智与冷静里，
对于它，对于冬天，对于这规律而节制的宁静她感到深深的厌倦。

白昼悄然垂临时，
她扬长远离人间。

# 午夜昙花

我想不了太远太久了
就像晨曦灼烧着云朵　你就该灼烧我
哪怕光耀之剑穿透胸膛　短暂却也辉煌
反正最美的雪花也抵达不了春天
反正火焰过后总是余烬
我要和你无知地相爱
在冬天喂养我们各自的马匹

十二月的白天黑夜都与你连在一起
十二次甜蜜的渴望震颤着胸膛
穿过蓝色雾霭氤氲的焰之列
我们并行的夜晚　月光千里摇曳
而这就是我们的第十二次欢笑与沉默
我们将掌心的温度交换
我们颤抖着成为风中的枝条
我们向十二月的深处遥望
易逝的一颗寒露正在悄然凝结

我们在夜与黎明的缝隙之间穿行
恰如霜露正在奔赴一场喜悦的春之逝
当时辰俯身于浑圆的确信

夜车如夜航大船　我们共渡暗夜蓝海

爱人　当你看向我时　我开花如一根藤条

有着巨大的甜蜜和无限的延伸

在这场短暂里　我欲爱你爱得无人能比

一朵昙花能够照亮寂夜

就要不管不顾

就要孤注一掷

就要恬不知耻

# 多好，一切都已在身后

这时候，该睡的人都睡了，该醒的人都醒着，
多好。决绝不能蔓延，疼痛不能传递，多好。
这时候，我站在国贸饭店空旷的屋顶，俯瞰
城市的群星。细碎的灯接连熄灭如离别，
我狠狠掐灭心里的火光，多好。一颗潮湿的心。

从时辰里举出杯中的烈酒，握在空洞的掌心。多好，
夜风呼啸，激烈颤抖的叶子像我听见自己的声音。
孤独反扑时，就毅然跳进黑暗翻涌的大海，多好。
大星小星都要坠落，影子瞬间成冰。虚假的大都市里
辗转的陈词滥调都睡着了吗？多好，一双冷漠的眼睛。

那些从未存在的爱情，我们已无需再承受一次，
那些停滞不前的沉默的悲哀，我们也无需领受。
这样多好，像雨后的风扫过记忆的广场，空空荡荡，
高楼林立而冷漠，多好，到处是美好生活的参照，
而我也不会再去询问那些不得不的事情又何必这样。

多好，不再释放火一般的灼痛。
多好，不再以汩汩的鲜血灌溉荆棘之路。
像城市矗立在它永恒的无动于衷里，我终于

攥紧了内心的拳头。

想起那些欢笑的时刻，我也不再感到错失的痛楚。

多好，一张张撕下了命运的贴纸，

——它粘着所有的伤口。

# 一碎了之的安全

"我相信你的路会走得很好"
你这样说时，我确认了微信对话框里的告别
心颤抖如薄翼，如秋天降临时的蝉
我没有回复，是的，我只是熄掉屏幕
走到了黄昏幽暗的窗前
橙色的暮霭上方颗粒升腾
渐渐漫过了整个河岸……
在楼群与水泥桥梁巍峨的坚黑中
伤口般燃烧，深刻如动脉
这景色并不令人感到悲伤
或许，有一点

那些阴影里的树木也一样
静默而不悲哀吗
看汽车零星的光点，划火柴般
微弱地闪动，划过城市的边缘
尘埃落定时，想到再也不用担心失去什么
在大于整个世界的黑暗里
她感到一碎了之的安全

# 边际生活

一只金枪鱼手卷，在塑料包装里默默过期
但对于饥肠辘辘的人，它仍有其边际价值
就像我们的感情，虽然千疮百孔，但仍能

在无法入睡的午夜拿出来反复咀嚼。十二点
我靠在沙发上，看对面楼宇的灯光。有人和我一样
被一天咀嚼干净，但不甘心。几个小时前

拎着公文包，被地铁的蛇腹消化又吐出的残渣
像是被找回的旧钞票。街道空旷如绝迹的热情
夜晚水涨船高。直到，在更为汹涌的潮水中

我们不断练习平衡能力。灰色的金属板，你的
眼皮。和我破碎玻璃的嘴唇。弧形天穹流下
永恒般的静寂。已经太重了，再重，我们就

承受不起。还好，人间繁忙的事物，都已成为
钟的阴影。此刻有没有人记得我，也不打紧
生活难道不就是游憩，以静与暗的方式？河面上

滑移而过我们的失去，越来越多的人睡在黑夜

的盾牌里。但睡眠远不是赦免。破晓的曦光中
最后一颗晨星会缓慢地升起，无知无觉地。

# 白昼无人捕获

时常走到窗前，她眺望远近的记忆
想到那些浪费，那些曾经被拒绝的生活
想到她是怎样在困惑中滑到了当下的年纪
对于时间，她是否已就范于它的肃雅之奏

一个空无充盈着无尽的时辰，如同门口
不断浮上的无人捕获的白昼
孤独接二连三地造访，挤满了房间
对于爱与自为的存在，她却已没有愿望继续探究

无数次，她曾幻想成为另一个人
属于亲切的刀子、激烈的几何学、世俗的成功
只遵循及时行乐和不断获取的律法
只关心那些具体而非渊薮的事物

然而她回到棋盘，继续一个人的博弈
犹如被电子支付遗弃的一枚旧硬币
银杏在窗外零落着时间，寂寞修饰着自己
她无限安宁地敲击着键盘，等待着暮色的垂临

如果一次暴雨突降，她就能够在流水中

释放自己，而不是消隐于融洽的静息
她不相信自己在这里，就仅是在这里
就像她不相信那些曾经发生过的就只能零落一地

恍若置身于一场漫长的睡眠，她等待
命运的不速之客，或者爱情的突然一击
犹如等待一次轰然作响的地震，手无寸铁的人
在迷雾中挖掘着，要把未知砸开的青铜器

# 傍晚我们看到红色云朵

如果我们打开记忆，依然会想起那一天的傍晚
尽管有些困难，但并非毫无可能
霞光几乎是迅速地，占领了大片大片的云朵
一望无际的草盖上空，红色持久地沸腾

想起这些，我发觉已很久没有
置身于那样绵延的时刻
云层踌躇如大伤悲，我们存身
而即将降临的黑暗不可名状
献祭般的壮烈中，高原燃烧广袤的苍凉

最深处是造物的审判，庄严但仍需警觉
面包车爬行的小路是伤口的崩裂
逐渐黯淡的云翳里，光的尾翼修改着时间

但我感到你已不再感知的风化的爱
像是另一种宗教，虔诚应和着反影的余年
为什么我们要收回自己，如果这些都真正存在？
或者为什么我们走出了这么远
却始终在狭窄的掌纹里兜兜转转？

怀里揣着辽远的沉默如同一个成全

暮色更深，更焦焚

前路是长夜漫漫

唯余寂静和几棵松柏

## 琥珀色的时刻

为了将车子倒出来，你在二环的胡同里
做关于三角几何的证明题。一刻钟之前
我们在恭王府观看古老天空的片段，我们
走过的地方，落叶正刷亮旧王侯的衣领。

数天前，你模糊的身影扰乱我课堂的平静
那些惊起的鸟群，多像我四散而不可捕捉的心绪。
直到数月之后，我更清晰地记起右臂擦到的
一枝椴树的香气，在夕阳弯垂如你眉弓的弧线里。

我们驶进黄昏的进程，挡风玻璃前的天空
布满闪烁的鱼鳞。但车厢的内部更无边无际
并排坐在果瓤里，缓慢地啃食那里的甘甜和稠密。
你是否感到我正在梳理空气，为了那正在发酵的力？

但这画面并不属于人生的全图景。
时刻的平衡，暂时的静息，如果我们感到安全
那只是存身于封闭的形式里。当我与你的寂寞
相靠相倚，这些时间又是怎样瓢流①去？

--------

① 化用自《红楼梦》，黛玉道："瓢之漂水，奈何？"

然而那终归是琥珀色的时刻
仍然要无限温柔地记起。

# 错别字

时至今日，她仍然惊讶于自己的踉跄
在无数动荡的日子后，她登上夜晚的天桥
人群的速度如砂纸，她步履迟疑，拿不准方向

一排公交车在桥下吞吐鱼籽，像取款机
把钞票和物质做等价衡量。哪怕自投罗网，她渴望
沙丁鱼罐头的治愈，但只有赤裸的风反复推搡

音乐虚构欢乐，如广告牌画面里样板间式的幸福生活
多么伟大，造物主般的人们
戴着打造的脸，用着打造的物品，走在打造的城市里

爱着打造的人，电灯的星辰不升也不落
也该为自己打造个新身份，得以坐上酒桌推杯换盏
可是一路上，她也没能虚构出一个漂亮的剧本

无足轻重，反正已经习惯了在死胡同里逡巡
对已经失去的和从来未得到的，她也已懒于追问
她不能理解人们鲁莽的欢愉，就像不能理解生活

为什么部分在这儿，而大部分都飘在空中

但孤独如结石，独自消化也好过与人交谈的耻辱
在目击了这么多的溃败后，无非就是要学习忍耐与承受

就像这沿街的垃圾桶里，塞满了曲解的纸屑
深夜的酒瓶中也都晃荡着不甘的怯懦
说到底，爱是因为不爱，而笑是因为满怀悲声

那么，惯性的坚持和永恒的放弃将会一起升腾
睡眠和醒来也将同样模糊
人们对自己毫无怜悯，在时间的呼吸中复制自己

如同生活在反面复制着自己的正面，毫无裂隙
她走过虚假而富足的灯光，就像走过放映的投影仪
喧嚣的世界如风暴般破碎，但远不会就此消失

虽然并没有什么可以期待
但在离开之前，她站在街边立了一刻钟
旁若无人地，在风中

# 像我们的爱，一样的雪

我向旧时情人问好，

向我错过的爱情和那之后的生活问好。

爱人，我的窗外暴雪纷攘，

每一片雪花的静寂使我莫名忧伤……

一个人是一片荒原，

风带着雪花，也无法在这里划定边界。

情人节，雪是那么白，能让时间停驻的白，

让人死过——而仍能再死一次的白！

爱人，你听，痛楚正在我的体内锻造。

事实是：我们无法为彼此

改变命运的河道。

至少这个结论是可靠的

——我爱，可是世界还活着。

雪花敲打着屋檐，整个城市

都是一场茫茫皑皑的雪。

盛大的雪，厚重的雪，铺天盖地的雪，

终将消融不见的雪，

掩埋所有曾经的雪。

像我们的爱，一样的雪。

# 朝阳公园

那天我们脱下所有的修辞，干净
如两只玻璃杯，一个八月的晴日在我们头顶
耀眼的天空里许多欢快的影子穿行

我们起码有五分钟没有说话
沉默闪烁，如绿色叶片闪烁的草坪

这是最好的日子，空气晶莹透明
棉花糖里是孩子笑声的甜味
我们和花朵一起尖叫，快乐地被夏天浪费

# 寂静的众国

那盛大的背景不会再重来一次

当生活犹如滚动的灰尘，成团地覆盖

桌椅、地面、脸庞，厚过整个居室

谁还会记得茂盛阳光下的伊甸乐土？

记得曾有欢快的笑声在暧昧的浓荫下跑来跑去？

假日的傍晚，日影消退，你坐在阳台上憧憬

书本里的 19 世纪，当年少的男子

撞上怦然心动的一朵白裙

激情喷泉般闪耀

春思如梦，在花影浅淡的震颤里

你想起自己也曾有过火烧云般摧枯拉朽的青春

滚烫的太阳，急遽的狂风暴雨

欢喜和痛楚都从骨髓中来

坠落和奋飞都有着最大的诚意


像狮子被关于牢笼，燥热中困倦着哈欠

这个八月，唯有沉沉的暮气

桌上的书籍顺从于墙壁之阴影

你能感到那些字迹是如何被缓缓抹去

从不回首的人们走进仁慈的光线

在楼下的小路上

他们看上去筋疲力尽，且不需要悯恤

# 晦暝时分

你习惯在夜晚逡巡，反刍
过往生活的航道。就像一只孤单的鸽子
不断撞上黑铁栏杆，撞击出竖琴的乐音。

驯服于匀称的空缺，睡眠半敞，受伤般喘息
方形灯光的模具裁剪镇静。
口有苦涩，一块又老又皱的陈皮。

谁能够追上那些自身无法维系的事物？
黑色的空气有陡峭的折痕。
失去睡眠的人渐趋透明，复述冰箱中幽蓝的冻鱼。

墙皮缓缓剥落，月光悲哀如麝香
洒满整个街区。在楼群向清晨转身之前
你还需支撑倾斜的巨影。

# 女 伴

今晚桃花值夜，有人奏一曲《良宵引》
星光落下，摩擦着落花
你走过我身边时，如同渐移的日影
一天中最安静的时候，类似一种微微的飘摇
春天可以用雨丝度量
我们坐下，用木梳梳理岁月
岁月里一个人削苹果的忍耐，与节制

爱可以是怯懦，不爱也是
然后是诺言——虽然并没有哪样可以持续
你解开发辫就像解开所有的时辰
月亮是一朵霎时变白的茉莉
在你的怀里，成片成片地
散发着寂寞的香气

# 少年游

想起来，已经是很远的地方
翡冷翠的山峦起伏，旷野寂静
为了御寒，我们坐在群星下喝一口烈酒
远的地方和远的记忆，都化作最美好的事情

时间并不会让谁打马归来
那些星星变成无数个我们曾使用的名字
那时我们离世界多么遥远
灰色的阵雨移向千万里外的波涛
月亮的潮汐扑来远天的摇摇欲坠

# 这一刻

那天午后
你打来电话
告诉我寄来了东西
要注意查收

彼此说了些温糯的话
长久地
夕阳的光影
正落在房间的正中

我知道不是每一刻都是这样的
但这一刻是永久的

我们终会被时光之流
带往别处

# 空心木

冷气流依然在复辟，一夜春雨
街道湿冷如溢水的瓷碗
她稍稍整理昨夜的心绪，拉开窗帘
瞬时间把恼人的芍药香气向旁扯开
这个早上，她感到空心木一样的脆弱
昨天谈了一些事，都不算顺利
"这样的事总会发生"，有人说道
床头的一只布偶扭转过身去
看样子不会天晴，至少今天不会
整个季节都像东流的一江春水
后来她试图把欲求剪枝
将琐事的断节都扫进垃圾堆去
现在，雨又重新淅沥起来
她坐在书桌前，对着打开的书籍发呆
好在没有人能来指责她发呆
除非她自我谴责或者自辩
但今天她并不想那样做
不想恳求任何虚耗力气的徒然

懒散的茶汤的香味，在湿气里
星期天和它的厌烦

一种不动声色的寂静

在灰色的天空盘桓

# 夜来秋雨

夜来秋雨使你醒来两次，但没有起身
树叶簌簌，掉落如阳光之金色球体
一个个爆破。落地成鱼。侵肤的凉意

使你确认夏末已被征服，最后的热度
从玻璃大楼的反光上猝然滑落
命运的风声加紧，阡陌愈加错乱纵横

在九月的清晨，你感到无边的蓝色迷雾
雨水擦拭风景，因劳作而无处藏身的人们
忍受着必然的寒冷。昨晚，在梦中

你见到一个已不可能再见的人，如同某种征兆
她赠与一张未知地点的机票
雨使不真实延续，发潮的外衣寂寞更深

有时，你想，裂痕必然是一种明亮
秋天的飞起和下坠是同样一种宽广的寂寥
所有的日子在雨中相互混合，并抹去

你再也无法说清的那些东西。在此之外

阳光依然像盼望的某种告解
静穆并慈悲。你希望你的心就是这样

沉默，安宁，不需要被看见
但拥有宽敞的安慰
道路在等待，雨在洗礼，行进的车
在默然中继续着谨慎的滑行

# 没有暴雨的日子

预告的那场暴雨并没有来
尽管一个城市的人都在等待
这是傍晚，秋夜如马穿过缺失的站台
火漆一样的夕阳封闭我们独坐的生活之岸

如果暴雨始终不来，什么可以松动生活的包围圈？
你将日子的线团缠绕又解开
电灯将固定房屋，如果黑暗再下降一些
而合乎礼仪的理性亦如冰块不可分解

有时你饮酒，就像为身体里的风暴灼烧一个出口
有时你怀疑眼前的景象，不过是单薄的一张幕布
白炽灯漂洗居所如褪色衣物，时间又将它反复缝补
时间风干了所有不够尖锐的血和痛苦

互相推搡的昨天里，你换乘着进进出出
阴影耐心拖拽来往的各种事物
没有暴雨的日子，风难以忍受地燃烧
八月依旧暴烈，它迫使我们越来越幸福

## 有些雨会落在睡眠里

有些雨会落在睡眠里
落在黑夜的海里
你睡在波浪的催眠里时
白噪音念珠般消化着居室

深夜的低音如救赎
我醒着，在书本里感到松弛
庞然的黑暗护佑脆弱和消失
湿气仍在雨中下沉

黑色的风起伏着月光
思绪苹果香味地飘荡

# 时间附耳轻传

一

仿佛一块织物遮上哀愁的呼吸
夏日已尽　我们吐纳着灼烧过后的空气
而破碎在周围继续

十月的阳光余温众生的头顶
我们鱼跃　以无限渴慕让灵魂返回
奔涌与旺盛之乡　有人啜饮面前的茶水
"虚构"——讲台上　教授正写下
这古老的手法　一种圆满的沉淀物

历史的指南针被重新校正　而窗外
时令之主正悄然转动着万物的轴心

当下无可追捕
名词相聚有如沉默的乐奏

## 二

银杏：黄金急雨宛如大坝轰塌
现在冲过去　时间深似长饮
物与我皆不能居于其身

无非是生与死的和鸣展露出的
永恒的内情　借以自审——
我消耗了生命而缓缓收集的
又如何被大把虚掷
一个人像一片叶子被自己围困

在这暮秋时节
什么力量能使我挣断岁月的审定？
什么力量能使我收拢那些残破的
悲哀而燃烧的生命？

孤独有深凹的入口
毁之于衣衫褴褛的记忆无可慰止
寒风已来　树木震颤　白昼
迅疾在失血中死去

# 三

但我仍感觉到　虚无与伤悲的另一边
命运依然给我以安慰
树木嘶哑地呼吸　在无可止息的秋风里
而我端坐　古老建筑的红木楼窗
光照如映池塘：光的寂静　无限温存地
赐福了万物

庭院悬近窗前
忽而颖悟　期望不候而至

当时钟敲击　恰似在自己心里敲击
当房屋沉默　恰似在自己心里沉默
一种古老的意志挺身站起
于是一个永恒在完满的圆里占据它自己

于是不会有什么随风而逝
静寂大如守望　停驻于整个生命
黄昏之轮：一道平静的光
一条美丽而弓张的线条

——舞于永恒的合音中　我的灵魂
此时是何等虔诚　何等明亮

# 四

而我认出了花园　当葡萄叶般的暮色
缓步走到了阶前
夜：一朵盛开如死亡的巨大紫罗兰

黑暗里你何其孤单　你的时间就像夜
那些梦游的马正在迷宫里徘徊
在被称为生活的夜里
我们从阶前穿行　走过幻景般的花园

玫瑰和大丽花之上　月的寒光千百次回返
所有的杨树皮在风中眼睛烁闪
完全因阴影与惊异而战栗的时刻——
寒鸦的风暴汹涌而来　覆旋天际林尖

无可掌握的命运，流动的恐惧
无尽的黑暗的深渊
为我们吹出黑色的耳语与梦寐
我们疾行　如霜亮的寒星下被递出的鸟群

而我该如何称呼这黑暗——
为上升？　为下沉？

辑 二

# 超越风的姿态

# 黑夜从远方而来

黑夜从远方而来　秘而不宣
下弦月　那银铸的耳坠　碰敲玻璃大厦
光点四溅
星辰　与零落的露水

灯光有着流水的姿态　赤脚在街道上
跑来跑去　白天的网又一次收捞走
账目　策划　骗局　争吵　和花言巧语
声音在马路上寂寞地消逝
世界和风　在延长各自的命运

我躺着　毫无困意　黑夜酿造了太多
而冥思又一次提纯了苦味
——夜的巨大根部从中蔓延生长
隐匿的事物出现　猝然不可阻挡
所有因果的总和　说着大片嘈杂
而无声的话语　又如此空阔

在十六楼　背靠深渊的房间　我躺在悬崖边
努力把自己分裂成一个个梦
天空的河流　转动的游荡的夜　浸湿的星子

眼睛般注视着的　那微小而又无穷无尽的温柔
当你在最恐惧最寒冷的顶峰

# 交　替

在四方的院落中　风被勾勒出棱角
付诸规整　它的咆哮愈发近乎呜咽　直至
没了声响　在夜冥魅地眨眼的一刹

痛苦俯下身子
四月初春的花朵被拈下　埋葬
风掠卷过叶瓣　又吐出残骸　步履
是无力的疲软　拖曳出颤抖的雨粒

那条干涸的河道舔了舔嘴唇　又沉沉睡去
欢乐的歌声干瘪在底部　奄奄一息
一个阴影　就这样延展开来　蔓进打着地道的
陷入恐慌的梦里　它即将死去

可是没有什么比这更让我惧怕的　是
你的叹息　即便阳光将潮湿的诗意全部点燃
即便金色跳跃着像露珠的闪烁　即便
银铃唤出了果实累累　即便
我的衣领绣满了　黎明的歌声　可我手指冰凉
触碰不到你的温度

升起的　的确是暖阳
它烘烤着大地　烘烤那山　烘烤着我的心
它开始焦灼

雪水化了　汩汩流着　顺着我的心路的崎岖
冰冰凉凉的

## 对生活的投诚

失去的记忆清除了大多的岁月
而时间依然走得飞快　与记忆一同流亡
我困于城市森林　同无数高楼里的门一起旋转
有人正代替我远走他乡

我们已经长大　顺应了时钟　和平庸的安全
但还没有获得未来
四周围起的高墙时不时砌入身体
醉酒是时间颤抖在水平线之外

黎明　一个荒凉的单行拐角
——醒来时我们已经站在现实的这一边
你无法成为一个游离而危险的人　于是重复
你消耗着时间而时间也消耗着你

继续前行的路上　黑夜里坍塌的高墙
又噼噼啪啪地重建一次
一只乌鸦不愿沉默　尖叫高飞
将时间、空间和你一同遗弃

# 宁静环绕我

一月　艰难的季节　大地静静站立
沉默的建筑物一并转过身去
语言与世界一同在保鲜膜下褪色　像老妇
持续而枯燥地　打磨阴影中缓慢的比喻

冬天用那比棉絮还要轻的　弥漫的静止的白
堵住世界的耳朵　等不到一场雪飘舞
事物便逐一归于寂静　庞大的安详的睡眠
沉默的疲惫　光线与影子的眼皮微微张合

这里没有人说话除了时间的细语　瓷白光洁
露珠　岁月那迷茫的眼泪颗颗膨胀
空寂的马路在楼群中长时间走着　无限的孤独

我想叫醒被白色覆盖的　昏睡的冻结的希望
在世界的梦中　我努力向外跳跃
然而影子扒住它的阳台不放
宁静环绕我像青春的灰烬与执着的毁灭
而月亮在户外　像我不可触及的希望
站在最后一根枝杈上

层叠的振翅声响如机器嗡鸣　在午夜
锋利的黑鸟迅速繁生扩散　从我的体内涌出
黑色波浪吞噬天空与街道　那白色的空蒙
空气颤抖　并因改变了密度而改变了质地


这呼唤　拦截　爆裂　吞噬　清醒与真实
改变寂静秩序笼罩的死亡的结构　只属于子夜
但在每一个暗夜玫瑰开放的瞬间
这不断挣扎的黑夜　都将被祝福与确认

# 唯一的三月

黄昏　起风了　好像去年秋天
树木伤口的辛辣气息弥漫　龟裂残痕的日子里
这美丽的负伤　镇痛
让我误以为　冬天又要携着悲伤来
这唯一的三月　突然回到荒凉的三月

白桦醉酒于风　树木枝干镂空大地
如执着耐久的骨头　过滤岁月
而更多的　在时间的石磨下　辗转成灰
纷霭了四个三十天
十二月　一个沉默的老人
踟蹰独行于流浪的记忆
在每刻晦暗的窗前　于是脚步缓慢

寒冷的日子里　我们惫怠
但也满怀期待　期盼一抹青绿气息
一场让所有清透的雨　还有
声声清脆鸟鸣串起的光之绳结　拉伸开
冬日肩胛上短暂的白昼　和温暖

除了回声　你还能呼唤谁呢

你的骨骼中有一架清亮的琴筝　如今根根寸断
坐在这个不真实的冬天的墙脚下　你攥住
满手的灰
终于听见它低低的骚动　嘶嘶作响
如点点火星迎霾直上　落入眼中

风在吹　已经太冷了　每个你曾躲避的
都壮阔成豁然的风口　从不同方向变本加厉
在墙角下转身　直视这庞大又虚妄的冬天
用力背对狂风　聚拢微弱的火苗
消瘦的光映亮你深陷的瞳孔
是太阳　那血的灯盏燃烧着　从心底扒土而出

## 春天把我们吹出声来

整个冬天　我们与植物一同沉寂
稍后春天就把我们吹出声来
三月　三只燕子　引领三轮日光
光线开放：一座玫瑰花园

空气潮湿　泥土芬芳
寂静是青绿的　凝眸是湛蓝的
你的睫毛抖动如一只蝴蝶
细小的幼苗　开始酝酿绿色的苦味

这初始的细微与青涩　就像我爱你
当明澈的光流散在你指间
我渴望以玫瑰与黄昏的语言对你倾诉
那些我难以诉诸字句的话语

而你的声音是星星下清澈的水
是春之流光中惊醒的万物的搏动
明亮在你眼睛更深的地方
简单如静水与阴影的寂静

这时间就像永不　又像永远

所有的浑浊嘈杂都隔离于此间
我们的灵魂清透明绿　飘荡如风
在世界的窗明几净之间

# 沉默是一种细微的声音

像是受了遥远的呼唤　我迷离地到达
只比想象早了一些
在嫩肉中抽出指甲般
新生　隐痛　以及清冽的痛带来的喜悦
以此来感知自己的存在　这些樱花

冬日再也无法继续拙劣的遮掩
枯草只是一张浸湿的纸　真相不动声色地浮现
不再是痕迹
淡粉色的手指掠过银白色　陌生的清晨已经失语
色彩　银铃般有节奏地间歇响起
瓣朵展开翅膀一样滑翔或蔓延
喧嚣被隔断　空气凝滞　灰褐在晨曦光线浮现前
似一块亚麻布被漂染

枝条　波浪　在风的空隙中奔跑
在乱发中跌跌撞撞
脚步延伸出一个季节的蛰伏
俯身间　枝干寻到失落已久的发带

此时我如此安静而踏实

沉默是一种细微的声音　我静下来凝视

这些新绿　软朵　以及风中褶皱的天蓝

黄昏像沙土一般流动　漫溢

我在这个厚实的声音中沦陷并湮没


早至的黑暗拽着星子聪明地刹住脚步

俯身大地　倾听是最本质的细语

也许它们一样什么都没说　但我听得好高兴

## 都是带着浅笑的

因着雨　那些植物更为静默
冲刷下的尘世浮躁被深深砸入土地
凛冽清晰的呼吸透彻　唤回
清朗与宁静　明确与直接

黄坠入绿　点彩一般的
是暗藏的伤　是生长的痛　是幸福
我并非有意偷听　仅仅路过这里
路过一阵雨和一场秋天
路过坠落的黄色的叶　打湿的红色的花
还有那些昂头倔强的草　散发着绿
却盖不住秋的气息　依旧盖不住
这场巨大的私语

那是低低的声音　甚至比你
触碰到我指尖的凉　那细碎声响
更低的声音　沉稳　落寞　不急不缓
有着厚度　就像你打开的大衣　和
给的依靠

这雨　这清泪　这阵阵瑟缩的褐色的风

是凉

而递来的深红叶片　从你手中

却是暖

那手握手 那肩靠肩的依偎　温馨

告诉我　原来这凉也是可以浅笑的

整个秋　都是带着浅笑的

# 白色，黎明之门

穿梭林间　我们是浑身潮湿腥野气息的鱼
以光滑鲜嫩的身体打开　通往黎明的
黄昏之门

十月之风伸出冷锐的手指　劈穿
蒹葭的温脉　苇草的孤寒　和
地平线上疏落排列　那根根杨树的
静默的坚定
落日之吻　我们是被捕捉的影子
发丝和叶片迎风　池塘边飞舞的水墨

请驻足　请沉默　听乌鸦咳叫在
秋日光轮的枝头　那硕大浑圆白色耀眼
夕日　可是通往自由之门？
我僵硬的心一阵阵战栗　碎壳脱落
那倾吐的话语　那倾泻秘密般低语的血液

像大片大片的落叶倒流　一瞬重回枝头
麻雀飞起　隐于树林的密语　而
成千的乌鸦笔直坠入池塘　子弹一样
夕阳迸裂的火星落入眼底　炙枯的忧愁

我们追赶着挖空　不断降临的黑暗
黑暗从四面八方打开的包袱
我要闯入黎明　闯入黎明白色的太阳
直到太阳　镜子一般融合并碎裂

尖锐冰冷的指针　请不要宣告
乌鸦在水底　沉闷地啼叫着　黑色

# 有关婚礼的一天


我离开黑夜中的婚礼场地　那里
所有人独自送上热切的祝福　在草坪上　在餐桌旁
的混合花束里　那里　幸福沙漏般迟缓
夕阳幻想般燃照过新娘枫糖色的脸
但这一天的美并没有结束　当黑夜的左手
涂抹远离城区的高架桥　一个中秋的巨轮圆月
在道路上空腾起　壮丽宣示着古老的权利和诗篇
这景象动人心魄却令我哑口无言
事实是：渴望　我喉咙中的词　欢愉的闪耀
那些触动我的瞬间　我都渴望你坐在这里一起看见
当我踏着崭新的风穿过明亮街灯的平坦
你在手机那头参与了我被爱恋夸饰的夜晚
这是它蜜枣般的起始
也是它升格般的完结


——爱人，如你的落水者
如圆月，我正穿越夜梦
孤勇而来

# 火红的太阳在胸口滚烫

我听见风在赶着更多的风　赶路的风
要穿越黑暗的风　在摩托车的后座上　我
环抱住你　带着自由气息的　欢笑的风

疾驰的风　与夜摩擦出　一簇簇火星
那绽放的姿态　如同你温柔的语
吐露在唇齿之间的莲花　有着月光的皎洁

绸缎一样的夜空　我们魔法般地变幻着
绣织　那些颜色鲜艳的瓣朵
一瓣是欢愉　一瓣是憧憬　一瓣是
对未来无知　却无畏的力量
青春肆无忌惮　燃烧
热爱与决绝　此刻　是如此相近的词语

我宁愿自秩序的鸟群中迸裂　花火
那斑斑点点　我水晶一样璀璨的心　如
夏季雨水一般洒落　就是这迸裂的一霎
这灼灼燃烧的　绽放的一霎啊
熟睡的人　黑暗中如果你感到　阵雨
轰然坠落在背后　请在梦里蜕壳

噼噼啪啪的　爆裂声响　我们的心跳
迸裂的玫瑰光色　与诺言
火红的太阳在胸口滚烫　就是这样的
你说　翻滚　然后释放

## 她的沉默

也许你看不见我　在这个时刻
没有楼与楼相挨　没有车与车的追逐
有着的　数百年来未曾改变的山
如此静默　在我到来之前或是之后

我　一只被困的小兽
爱着那穿行的风忽明忽暗
从点着暗黄路灯的街的这头　一纵
滑向了另一头的黑暗　这一纵要尽量地快
自由　欣喜的血液在十分钟的夜幕里
被分针　悄悄抽干

你包裹着我　我在你的胸口上聆听
我小小的幸福　蜷缩在
某一路灯的两米远处　在浅歌的星子下
显露出稀薄的阴影　伴着
往返于五楼的教室　和这马路牙儿的
小小的高度间　跑动的节奏
爱你的节奏

我嗅到夜风　嗅到记忆与期待保持着

安静的幸福　你路过我　脚步于是轻柔缓慢
将我放在臂弯　说着那座沉默的山上
瓣朵迸裂的点点声响　在耳边
轻轻　又轻轻


夜的黑暗的深度　成长的声音
被引入体内　你　我　还有那些花蕾
是奔走的行人　是穿行的风　蜷缩着
被笼罩在暗狭的角落中
还有那灰蒙蒙的黄色灯光　将会
一直　坚守到天亮

# 被记住　被忘记

一切陡然安静　思念伸出巨大的手指
芦苇笼出的狭长阴影
让我想起你的叹息　就像梦游者走出梦境
在月光下　沉默不语

阳光很亮很亮　亮得我再也看不到
泪的手指　只是坐在　你曾经坐过的地方
一遍一遍地　贪婪吞噬、劫持和离去
那些画面和言语　像女人照着镜子　一次又一次
在水面下　在光影中　被悄无声息地
掷碎

秋日船头　风还带着
夏季灼烧的气味　是不肯舍弃的
我想起一次次沉默的对话　想起
手中脱落的书籍　想起破败的阁楼和疯言疯语
想起烟花亮起的那一刻　我们的呐喊
想起你的名字

想起你说　被记住　或是被忘记
都是别人的事情　如此而已

# 风把我吹涨

我嗅到草本植物挣裂的辛辣气味
一盏明暗沉稳持久　孤灯咀嚼着我的影子
那是我唯一的深度
夜风把我吹涨　那张忽明忽暗的脸突然
粉碎　分散在众多的面容里面

大雾将 15 岁包裹　或是 15 岁迷失在
大雾中　红　醒目的红使 15 岁尖叫
我扭头的瞬间　看见一袭逆风的白衣
将乌鸦和蝴蝶一同塞进去

岛屿　海水　层云　和城堡
皱褶　腥味　密厚　和华丽
你挑起那盏灯　奔跑在童年的废墟里
很多次　很多次　把往返的车票当作
一种抵达
这次　在你打开的手心中
却是一瓣栀子　被海水打湿　浸染泥土
你看见坐在洛可可的长椅上的自己　被
一阵风吹得粉碎　沿着小路咯咯笑着　跑得欢喜

小心翼翼地　我将染红的指甲藏在身后

灯亮的明暗沉稳持久　那本童话书旁萦绕出的玫瑰

艳丽地　把她的刺冲我这个小毛孩子比画几下　于是

笑了


夜　风把我吹涨

# 阳光吻过的那些欢歌

那样淡定的不安　心和湖水

轻轻荡开隐秘的心事　一层又一层

小木船倾听了多少啊　一次次

陌生的黄昏　和陌生的故事

芦苇的唰唰声　是夕阳下湖面这张陈旧唱片的

咿咿呀呀

古老的故事　在缓慢的时光中　在我们的体内

返航


蜷缩着　绿色的棕色的荷叶

孤单柔弱几近夭折的苇秆　在漫溯的湖面和风中

仅仅为　诠释某种坚硬的声音

突然失聪　倒下　所有的苇全部倒下

寂静　打捞爱情和刻舟求剑　如此相像

重复上演　没有任何姿态


那么多的　那么多的爱情溺死在湖里

枯败 变色　疲惫肮脏的面容

断断续续的波纹　和无效的言语　遮掩着

曾经春色的暖阳　神色忧郁的废船

是比那更大的假象

从安静开始　　从安静结束

笑容掉进湖里

所有的笑容都掉进湖里　　没有扭曲和失声

我用白色的手绢埋葬它们　　一个一个

突然怀念　　阳光吻过的那些欢歌

氤氲成白色　　一片一片抛撒


容颜和旧事是冲击的水流

被快艇留在身后

# 离开或是不曾离开

好像一直在出走　一年又一年
是真切的困苦　然后是活生生的幸福
沿途的喧嚣　被一只手塞进
我的左耳　我的左耳对我说着话　说着爱恨纠葛
我听着笑　笑着哭　哭着奔跑或是蜷缩
看着那些泪水流经我　有些绕过我

在叶片的边缘扩散开来　成长的气味
青春被阳光以柔软的形态　从柳树带到柳树
经过春的欣喜　夏的冲动　秋的茫然　冬的坚强
一个轮回的谛听　然后早已无所谓高潮结局
一条路的尽头　又是另一条路的开始

是啊　又要开始
十六岁第一束阳光　慌慌张张地
被派遣来　我和我喋喋不休的耳朵更加镇定
这最初的时刻就已认定
某时某地　我终是要掩耳盗铃

可是我的气息我的血脉我的灵魂的流向里
是小美人鱼的歌声　是一双温柔的双眼

它们使我像草一样　自由地呼吸
童年蒂落的明澈　是一瓣瓣裂响
是这冬日里　依旧顽固绽放的野花中
花瓣编织的彩色的故事——

而那粉嫩的喜悦　飘曳的衣襟以及欢愉
在蒲公英一样堆积的梦中　四处飘散
在心中微小的角落中　暗自生根
就像谁的思念
于是终于　我从时间的密道飞奔而逃　童年
童年　那只鼓翼的风筝还在夕阳下　飞呀飞
不曾离开

可是　夕阳下它的飞翔
究竟是在挣扎着离开　还是挣扎着不离开呢

# 寂蓝，夜，七星北斗

一盏灯　夜幕中唯一的麦子　从我体内点燃
需要这株等待的单薄黄色　灼灼
使巨大黑暗　混沌成为背景

引擎声和你转身的背影　带出一阵疾风
迅速将我擦伤
你将到达北京西站　并经过一个个名字
抵达那方遥不可及
洞庭湖以北　我念念不忘　却不敢梦见的地方

寒风穿梭　旷远街道空无一人
仅仅一分钟前　你我和杨树　伤疤一样隐隐浮现
你每向车站行走一步　随着夜风的颤抖
路灯便熄灭一盏
被停留在黑暗的庞大耳语中　夜风的耳语　我
捂紧双耳　守护着胸口的麦子
等待再次到来的你的目光　将这条路重新点燃
由远而近

空空荡荡的风充满　我独自回响的足音
有水流手掌一样流淌　淹过铺展的头发和

落入其中的星子　流入我的嘴唇
走过寥落的浅星　我想象自己是风
追随火车汽笛的速度呼啸而过
孤独　是黑暗无法目视的植物
在初冬寒冷地急速长大
我踩到的第一片落叶　一定与你有关

如果我拨开黑暗　就像用双手分开黑发
是否就如同　我坐落镜前
在自己的脸庞上　看到你的面容
一枝被吹尽叶子的树枝　斜插在风中
默默无语　沉默攀上我的嘴唇　瞬间葱茏
再次吐露你的名字　青苔的潮湿
染绿你的耳郭　是我每至子时前来的记忆

今夜　我们曾一起拼凑的拼图　将
不止一次地瓦解天空　并错乱重合
今夜　所有的星星与蓝色合在一起流淌
思念涌上太阳穴　就像屋顶上涌出七星北斗

# 脊背上的花

那些烟花陨落　爆竹声一条条
落入我的怀中
夜里　我背着古老的故事　探寻
作为回忆　它们该有自己的家
和主人

奔过聚拢的麦田　冲散扎着堆的群星
脊背上　沾满了露水来回滚动的声音
这一切　你是否感到沉重或是无力

可我什么都不想说　爆竹声也不想说
我们　一对暗着的眼
脊背上生长出妖娆的花
是回忆　是美丽　是痛苦　是幻象

来吧　坐下来
围住这倾诉的火
如果你不愿再坐成一颗石头　麻木得
像每一个昨天一样　下落不明

# 十月初秋

我知道　昨夜的露水一定酿成了酒
珍珠们站好队伍　沿根根蛛网行走
于同一条队列　初秋的水边　十月
我和你听落叶簌簌　第一声
南迁经过的大雁低鸣　扼死了夏天

阴影聚合惊散的碎语　树叶的碎语
大片的草依旧生长　冷露中的眉睫
用手指摩挲树皮那粗糙朴实沉厚
成千上万片新鲜的干枯的清新的遒劲的
植物气味　有真实的声响　凝结
我的发丝蕴藏起姣美的寂寞
某一瞬　我可曾也是一株植物？

只是这样安静地兀自地低吟低语啊
碎碎念着　被风带走的是轻盈的欢愉
埋入泥土的是淡薄的忧郁　再次
植入体内　是这样安静的姿态　淡淡的
忧伤与从容　叹口气来那清风经过你
寂静的耳畔　今晚　今晚我便如此
清潜入你的梦中

请交给我你秋天气味的手指交给我

你醉心于明净空气的影子　和

林间池潭一般的目光　我是十月之水

幽潜入你体内　流淌过你的血管

慢慢　慢慢地　改变着你指纹的流向

# 影　子

突然醒来　带领裸露的街道
伴随着枯叶而跃动的荒凉足迹　秋风四起
对话犹如曾经沸腾的水　渐渐冷却
被月光取之一空　颜色是白日寂寞的比喻
而黑夜忠于真实
人群　你与我　只是一个瞬息

树木微微张合叶片的唇　在瑟缩的微风中
欲言又止　枝头挂满细小而潮湿的故事
冰凉凉　一触即碎
只有那最轻最轻的手指的抚摸　下弦月
浇灌给它们清透与绮丽　而你
目睹自己　被一个故事挤进另一个故事

你不被允许停下脚步　你用影子衔接住
接踵而来的　一个又一个路口
当眼睛与所有的器官一起　进入梦乡
它仍在奔忙不休
寂静空旷的夜间马路　疾驰的风声　是
影子液体一样匆匆流过

因为无梦　多年来你无处藏身

拐过最后一个弯　你收割着自己的影子

你的两个影子逐渐会合着夹角　就要

——成为一体　然而你已走入黑暗

你不被允许停下的脚步


你不知道　还有多少影子

此时被黑暗一并吞没

# 随风而去

在四方规矩的小广场　休憩的头发
钻满风　摇摆成波澜壮阔　摇摆成浓密茂盛
像一枝枝潮湿阴郁的灰绿
不设防的夜　被轻轻撩开缝隙　被记忆攻破

你的眼中盈满寂静　安定　和微微的恐惧
风越过你曾经的笑声　在
失眠已久的　你的睫毛上　燃烧

空气被檀香堵塞　佛塔金色的大手般的
灯光　抚静了小城中　所有的喘息
包括　凌晨你突然醒来时　睁开眼的
黑暗　孤独　恐惧　和莫名的啜泣

亲爱的　你看　我们还是可以享有
包容和慈爱　让我们厚重　厚重得
足以裹住那些
眼泪塑成的　单薄易碎
覆盖给我们星空星空上缀着的叮铃作响的
梦想　淹没住那些
深陷的疼痛与忧伤

疲惫而安静　你熟睡　轻轻地呼吸

成长中所有的罪恶和扭曲　在夜的密发中

结痂成影子　砸入土地　坚硬成石

此时我们抛弃了它们　扔掉坚硬与寒凉

我们轻盈成柔荑上的灰烬　随风而去

空前绝后　不留声响

# 太阳花盛开的地方


你把鼻尖凑向窗子　一言不发
玻璃上留下一点小小的水印
你并不在意　鼻尖上细微的凉
就像　你并不在意那些总会到来的
等待在生活中的痛


心无旁骛地　你专注于路途与风景
虽然表情　多少会有些茫然
这些哐啷哐啷的颠簸　像是你戒不掉的瘾
许许多多的列车　你的温度曾经停留
拖着自己在路上　你知道　灵魂
其实还在更远的地方


我是见过你　见过许许多多的你
见过你用双手框起阳光　歪着头的样子
见过你张开双臂在雨水中　释然的样子
见过你吹起廉价的肥皂泡　欣喜的样子
见过你在黄昏的空房间里　翩然起舞的样子
当然我也见过你　身着防风大衣
在阴冷潮湿的街道　抵抗逼仄的样子

其实那许许多多的你　都是一个样子
以前倾的姿势　冲向太阳　不留余力
一个被阳光镀上金边的小人儿　你是
熠熠发光
你说你要走到遍地太阳花绽放的地方
我就想说　那该有多辽旷

# 如果你放慢脚步

很想就这样走下去　在时间的缓慢流淌中
如安谧的阳光　划过我们相扣的手掌　轻柔
我一路跟跟跄跄　需要你
放慢脚步　一次次　才能跟得上
磨满水泡的双脚　腐烂的气息
我不能允许你察觉到
掌心的温暖　在我的脸上　于是你看到了
绽放

此刻我们并肩而行　隔着20厘米的距离
20厘米中　是所有我们共同经历过的日子
我将它们分成一厘米一厘米的片段
不　那还不够
要细致到一毫米一毫米
细细掰开　慢慢回忆
我的心波澜不止　永不熄灭的
是你的名字

世界陡然变得很小很小
风缓了下来　尘埃静止
还亮着的　是注视着你的

我的两只眸子　心中跳动的火
一支悠扬的情歌　在这里　在我的心里
悄悄响起

可是亲爱的　能否放慢脚步
我怕我的指尖　也终是脱离了
你的温度
只能隔着你不曾回头的距离　在黑暗中
慢慢拼接你的影子

# 计程的爱

我曾希望你有
弹壳般结实的爱意
缝我，我将以完整的心回馈你
我将带着全部的温柔和热烈
进入你的生命
成为你浑然不觉的一部分
就像是窗口的阳光
或者自然的呼吸

而你的话语凝固
在玫瑰夕阳的脉搏衰弱之中
这孤僻的静寂
使我的情真意切如此唐突
先是一道防线
——然后是纷纷长高的壁垒

光在迟钝言语的针尖上滑落
更大的黑暗从窗口不迭涌来
我们走进，这夜晚黑压压的闷喘
你在手机上呼叫返程的车辆
毫无犹豫地

车子如白光光的刀刃闪去
结束了这短暂的、计程的爱

# 像梨花一样

东西向的街　蛇形的风冲撞而过
便是已然四月的北方小城
在某个阳光明媚里
白花花的　就落了一场雪

就是那还在沉睡着的　握着拳蜷着身的芽儿
酿制了一个冬日的美梦　被绿色的轻风
从枝头上打翻　从它们的暖被里　散落下来
宽宽大大飘坠下的　那些白色
都是未被玷染的　最纯净的晶莹

这铺天盖地的阳光　这铺天盖地的雪
是一株葵花仰望姿态下　温润的触感
是静谧的清晨　同阳光一起射入的轻声的问候
是它们的奔走、相撞　以对歌的形式在白色里
唤出清新的希望

就是在这个时刻　我与你如此相近
我站在阳光与雪共同的呼吸里　清晰地听见
你的声音　听见你向我伸出的手　划过
空气的声音　听见那只手带来的暖流

融化掉周边所有坚硬的寒冷　听见你说
会带着我　像血液一样奔向远方

此时我全身透明　被冲撞得呼吸稀薄
焐在胸口的阳光和雪　使我笑得
像梨花一样

# 夜与太阳

头发疏落落地　灌满阳光

紫罗兰悄无声息　细小　呷着水

如我未风干的黑发

静谧　贪婪

雪后的篱墙　一支支白色的河流

阳光和鱼一同跃进　温暖


似一个失忆的人　这巨人的空旷与安静

不要问起　昨夜烟花撑裂的黑穹

一次又一次的裂响

不要提及　那挟刀而来的风

它的哭　它的唤

以及　唤醒之后　奇怪的离遁


做阳光的伙伴吧　一起扯个谎

一起说　幸福

让我像植物一样地生长

小心翼翼　呵护瓣朵的幼胞

她说呵　梦想　闪闪发亮

即使在每一个昨夜　也会成为

明媚的月亮

是舞者的心脏　是黑夜的太阳

# 一面镜子，拥有两堆杂草

嗅到危险便离开　夜裹起的裙角
从不停留　那浓墨的黑色　是镜子
是穿过喧嚣后面对自己　仍然
一无所获

杂草一般生长着的　我的脑子
向着风　向着黑　向着来回冲撞的
空洞孜孜伸展　只能为镜子所映射

它是涨潮　淹没在不防御的某一瞬
它是退潮　轻盈盈地遁去　不留痕迹
将我拥抱了一下　又拥抱了一下的
那不是风　乘机将什么塞进了我的体内
我也不知道

11时夜晚的街道　没有名字的街道
我与路灯连缀成行
手机的通讯录　从头至尾　从尾溯头
最终倾听的　不是某个名字
不是风　不是路灯　不是寂静

将我拉扯的　拽住我的衣袖　我的领子
拖住我的头发　它们撕裂争夺着的
是同样　叫作孤独的徘徊　抻动神经
拉紧　又拉紧　牙齿开始隐隐作痛
夹带映像　落荒而逃

呈现的盛大镜像　无法获得任何
看见是一种幸福　亦是一种痛

我　是妥协　是一面镜子
一面映射　一面隐匿
看见　又或视而不见　我的身体里拥有
它塞进的　两堆杂草
向着风　向着黑　向着来回冲撞的
空洞孜孜伸展　只能为自己所映射

嗅到危险便离开　夜裹起的裙角
于是阳光的金色　笑得欢了起来

# 夜晚，雪山之上

天蓝酝酿了整个白日的酒　将阿勒泰的夜
酿成寂蓝　这醇香浓厚　迷醉了山间的空气
所过之处　酒香　将白得耀眼的积雪
尽数醉染成蓝

我的足迹带领月光　银白色　唯一的清醒
这通透的眼睛饱含悲伤与苍凉
天与地全部的孤独　无法铺展
黑色　仍在暗暗加深
我想诉说体内寂寞的比喻　却终究
被虚无所淹没
血液喀纳斯河一般幽蓝着　在夜幕下的雪山
在我的体内　奔涌冲撞　可是
我的布尔津河　我的额尔齐斯河　我的北冰洋啊
它们尚面目模糊　方位不明

这图瓦村落　小木屋上有炊烟飘然
黄色灯光　打开一扇窗的方正规整
无形的温馨　一匹黑马淋漓着湿漉漉的鬃毛
独自　隐没在巨大夜色之中
篱笆和雪都是寂静的　它们无法代它诉说

就连　它盈满寂寞液体的眼睛　那巨大的哀伤
也不能
此刻　黑马离我最近


西北边陲　寒风穿行雪之村落
葡萄和弹唱僵硬成黑　深入泥土
树根　是沉默干裂的嘴唇
此刻　只有楚吾尔　那三孔植物的低吟呜咽
使树枝使天空使所有——
沧桑疲惫的老灵魂　一阵阵颤巍抖簌
乌鸦　黑雨滴一样掉落下来

# 超越风的姿态

九点零七分　雪山中的黎明

床头灯下　寂寞深蓝如同扎染的布料

默默浸在黑色染缸之中　等待被缓缓取出

窗外　雪山淡蓝的白色显现轮廓

仿佛听见寒风以霜冻的羽翼　穿过

屹立千年的白桦

空气以及尘埃缓缓破裂于室内四周

一瞬间泪水盈眶　孤单是无可逃脱


这广袤无边的白色苍茫　寂静仍在暗暗地厚

追随一匹马的足迹深入雪地　我所走的不是路

这未经开垦　这一步一陷的迷途

此时我像一只瓷瓶　被风吹得呼呼作响

有着裂纹的疼痛　和想要呐喊的冲动

单薄脆弱的声线自体内缓缓升起

如同雪花缠绕飘零　雪下遍了周身

冷　瞬时将时间与心　冰冻凝固


窸窣歌声抖动　自我脊背滑落

让所有的身份都被这空茫之风带走

我佯装一只黑色的鸟　一声啼鸣　坠入白色大地

这透骨的寒意　这直接　与清醒
这饱含了十九年的　打着霜花的泪珠
液体充溢着　三倍的痛苦　和游刃其中的
金线般　阳光缝纫的幸福


白色大地　我巨大白色天空无所阻拦
打开双臂　伸展我湛蓝的骨骼
所有的雪花都从地面上升　直到最后一颗
沾住我的鼻尖　我便纵横翱翔超越风的姿态
你所感到的所有　以为西伯利亚的嘶吼铺张
是　我的羽翼振翅而过

# 喀纳斯的指引

我有理由相信　这湖水最极致的纯粹
它们每一滴　都是雪花的化身
霜结的草依流动的雪畔　用茎管吮吸着黎明
树木和石头　只是树木和石头
暗自静默着　在这最原始的单纯与本真中
它们理应一无所指

喀纳斯　你遵从了黑脚神的神谕
向广袤浩热的沙漠讨还了一滴清泪
你每时每刻都在初生　只活于现在
但因为一个名字　你活了几千年
这些人类　辗转的岁月　其中
呼吸里锈渍的斑驳　手指间的污迹
由你冲刷携走　多么微不足道的一瞬

零下二十度仍不能阻拦你的奔波
舒展你　绿色的水蛇的肢体
顶冰花不能拽住你的脚步　珠芽花也不能
阿勒泰山脉　孕育你的母亲
未曾挽留　她教育你的　属于自然的
便是驰骋的自由　滑行般的急走

我多么渴羡你流浪的姿态

人类的恐惧　用痛苦的幸福构建

一个根深蒂固的屋顶

因此我只能向你告别　我离开后

荒地上所有的枯草跟随着足迹　汇成

一条属于我的溪泉　这溪泉向你连接


当我在高楼林立间迷惘　喀纳斯

这溪泉映照着　你正映照着的明亮夜星

你以清透　以明星的指引告诉我

平静时　就接受周围的一切　复制它们

激烈时　就扭转眼前的景象　重组它们

而作为一条悠长曲折的河流　或者人

这总是同时存在的

辑 三

群山显露的日子

# 群山显露的日子

总是在雨中，在饱满的湿气腾空的夏日
雨滴轻快，逃窜在绿色的表面
云雾比任何时候更轻
海拔的高处，僧众指认波动的经文
巨大的静谧匍匐，我们无限放低着身躯
钟磬的敲打令雨线震颤，祈祷更沉实，更有底气

双手合拢，力量在确信中被认领
后来我们从高高的台阶走下殿宇
佛像闪耀在山野上方，草甸在云海中游移
焕然的光在移动，光与阴影交互着迁徙
一如生活的潮汐：一部分带来希望
而更多的带来怜悯

这场景数年反复重叠，在群山显露的日子里
时间和自然都是倾诉的好对象
虽然不免会带来心虚
云朵的幻象中我们深刻地剥露和呈现自己
空气沉寂，默然在四周围立
总有更深重的，正一步步，广阔地向我们垂临

# 孤独的王者

我无声地对你说话　黎明
我们的理解、默契 、安宁
如同一个温暖而平静的词　缓缓上升
在夜的青铜容器里熬制之后
到达融合的高度

空气里是去年全部的星期天
流动迟疑　如同行云的静默
桌上的一只空瓶子对着钟摆发呆
我们安坐　静静地等待

整个冬天　全部的日子都是白色
我还有别的什么可期盼？
那种充实着我　又将我流落得更远的
空无　无边无际
如同一场不止息的大雪　浩浩茫茫

在这个冬天　我是孤独的王者
这个世界上　唯一的人
我拥有落寞的街道　忧郁的雕像
孤注一掷的日落　和

一朵玫瑰在余晖下金黄色边缘的忧伤
宁静环绕我　犹如低声诉说的脉脉温情

但在这个冬天　我是一个
正在忘掉的人

# 一种拒绝

## 一

像两年前一样，八月的夜晚依然热气腾腾
狭小居室里白色床单在燥热中梦寐

那是几点？我们从闹哄哄的餐厅下楼
街道上驶过的汽车声音随着温度的升高攀升

我们走了半个小时，起码有二十分钟
试图在阒静的长街上寻找狂躁的酒精

烧焦的晚风微弱，如时间黯然下旋的速度
如吧台上的威士忌，它们提供短暂的快意

而无家可归的隔夜情感无法被提供救赎
深夜，我们时睡时醒：
孤独依然砭人并意味着不可能

## 二

并非毫发无伤地，我们走进
这个并不饱满的早晨，带着隐晦的欲望

迟钝地洗漱，始终说些模棱两可的话
应付分别前不可躲避的目光之航线

不情愿组合在一起的词语凌乱，消失
破败的车站像这个早晨一样布满裂痕

你能想象出那样的房子吗？
在那里我们完整、温存，并非独身一人？

对爱的秘密我们始终无知，或者佯装无知
细雨清透，但否认为我们洗刷
它只是抵消着那些原本就微弱的事物

# 苏笑嫣

名字　一种代表和指向　进而成为规定
但它不是我　它也许只能显示我的虚空

过去的岁月在记忆中生长
并缓缓改变或隐去样貌
当我怀疑
也许我是一个接受了许多记忆的
别的人

如果扔掉坐标　在时间的最初
成为一个新生儿
另一个人会再次成为这个名字

我对我的陌生就像
看着一个熟悉的简单汉字
但突然觉得它不像

# 鱼

无论气温升得多高，依旧手脚冰凉。
我的罗衾冰冷，覆满梨花。

皮肤留不下任何温度。热水流过
就只是流过。他人的体温也一样。

夜夜，我是一尾通体幽蓝的鱼。
蓝色血管透明，流动海洋。

玉石般的凉。孤独弹破脆弱，
如独语消失于寂海深处——

那广袤，
那致命。

## 你走了以后

你走了以后
冬天才真正地到了
冬天递过来一柄刺骨的剑
阳光再没有暖过我的窗口
我与路人擦肩而过
就像与风的冷冽擦肩而过
这个冬天
我紧闭双唇　一言不发
我裹紧黑色的大衣
就像裹紧黑色的绝望

你说你会回来
我在等
你说你不会回来了
我还是在等

# 周　末

每当我回到家里
就如一只尾巴，如小小孩童
紧紧跟在母亲身后
从一个房间到另一个房间
有时无言，有时喋喋不休

我们讲曹雪芹，讲王维，讲印象派
讲普拉斯、毕肖普，和玛丽·奥利弗
讲最近发生的新鲜事
——大多是我的
一壶水咕噜噜在茶桌上沸腾

我们愉快地偎坐在一起
看纪录片《苏东坡》，听一堂线上讲座
总之就是这样，有时是别的什么
母亲总会渐渐睡眼迷离，毫无意外
偶尔，我也会堕入梦乡，在她的身侧

安宁，盘旋在居室的上方
恰如安慰散发温暖的馨香

# 年 关

豆浆机里有煮沸的香气
桌子上你为我准备好了杯子　爸爸
临近年关　我拖着行李箱和
因为拉行李箱而劈了的指甲　哆哆嗦嗦地
站在你面前　说　真冷呀

哪里的冬天都一样　一样的
寒风凛冽　萧条清肃　侵入肌骨
唯独这里的冬天不一样
那亮着的灯　案板上切好的菜　和
你们准备好的拥抱　都是为着我的
这里的冬天是暖的　对于我
是心底的　恒久亮着的　橘色的灯

看着满是雾气的窗子
我知道　我终于回到温暖
年少的我　正躲在旧相框里　透过
以年来命名的时光　看着我
看我喝掉杯子里热气腾腾的豆浆
看我　又要过去一个年
又慢慢成长了一岁

而现在的我　将会和她一样

成为定格的画面　留在岁月里

# 母亲的美

往昔美貌的痕迹仍旧
照亮着她的五官
仍旧润致而惊艳
甚至，岁月使她的容颜
较年轻时
少了些草率

# 桑葚

悲痛源于你躲闪的表情

当你不再看我，把头深深埋起

我已经听过太多的"不知道"

再有就是"对不起"

我已经没有更多的力量再去清扫

内心那片布满落叶的荒地

你转身离开留我以一片墨绿色寂静的森林

我泫然的啜泣如同—串桑葚

在风的拨片中

在无垠的黑夜里

## 明知故犯

年龄渐渐在长，可以理解的事情越来越多
但可以相信的事情却越来越少
很多时候空气如同蜡质

你出现也好
带来短暂的眩晕和万死不辞的炎症

## 暮色的肌理

无论如何，我们已经完成了任务
没有完成的，也是完成中的一种
现在，我们可以坐到桌边，将那些细小的粉末
缓缓收拢，就像在白色餐盘上，留下一小撮盐

人们仍在说着那些必然的语句，准确
如铁皮青蛙的发条，好像世界
是彼此重复的设定程序，在时间的肋骨上
只有被硌痛的人，才停下来查看身体的淤青

现在，我们只有停息的要求，像黄昏的风
温煦，迟缓，不需要目的，只默默地
把所有皱褶抚平，我们不必再向记忆偷取
虚假的自己，哪怕是那些掌声带来的灼烫的耻意

家具静静呼吸，地平线上晚霞缝合天空与陆地
我们的谬误和缺失也这般完整了我们自己
沉寂的时刻好像大雪压覆屋顶，粉末试探着——
夕阳中它们跳动的闪光，来自对我们生命的适宜

# 三里屯

舞池中是狂笑纵声的人们
啤酒瓶被捏在手上，鸡尾酒晃动在吧台中
一个爵士时代过去，一个崭新的 21 世纪闪耀
缀满亮片的吊带裙和杜松子酒淹没我们
DJ 制造着短暂的眩晕，一个快速旋转
而脱离世界的立方体
在这种时候，我们也难免悲伤
人们相拥后离别，热切地
如酒吧轰鸣时纷纷下坠的纸屑
我们的舞池中是否有泽尔达和菲茨杰拉德？
当你走进冰冷的凌晨，带着身后不真切的热度
又是否感到自己的游荡
如同海面上冰块的漂浮？

# 时间之镜

我的房间里有很多镜子　各式各样的镜子
书架里红色塑料镜框那把　是十岁的
写字台上的金属小圆镜　是十八岁的
化妆包里的青花瓷方镜　是二十一岁的
地板上立着的木头穿衣镜　是二十五岁的
二十六岁　我在床头放了一把带灯的夜视镜
二十七岁　我拥有了一张梳妆台
和梳妆台上的鸡翅木雕花圆镜

每当我的容貌有了明显可见的变化
我就多了一把镜子　流动的银色的镜子
水银一样的镜子
它们有时空着　就像一个平平无奇的相框
有时十岁的我在镜中探探头　梳着两只羊角辫
有时十八岁的我瞪大了双眼　在镜中描摹
描摹又擦掉　她在学习化妆
有时二十五岁的我扭过身去　看看新买的西装
每一面镜子都带给我不同的新貌

大多时候　我并不去看这些镜子
房间里有太多镜子是可怖的　但很明显

它们来得越来越快也越来越多

十岁女孩的眼睛永远是明亮亮的

十八岁女孩的发色总是在变　也总是

那么欣喜和愉悦

有些时候　镜子里的人也在难过　也在哭泣

但在她们的故事里　我总归是比较年轻


她们并不互相交流　也不曾与我对话

她们只是活在她们的世界里　正在做她们

在镜前做着的事——这已足够让我心烦意乱

有些故事因为太欢快我不愿去回忆

有些故事因为太痛苦我不愿去想起

但我无法与她们分手　只能容忍她们飘来荡去

否则我将无法成为这世上的任何一个谁


在忙碌的白天　我还可以无视她们

但在夜的黑暗中　她们晶莹地反光　熠熠生辉

——我年轻的时候也太亮了

为了与她们匹敌　我试着再度充满渴望

直到我的脸上　出现一道燃烧过的灰烬

就连泪水也已经不会重新洗亮双眼

而是打磨出一张僵硬的脸

——时间

# 追光者

要确定我外公的行踪十分容易：

清早起床　或是晴日的上午

他一定坐在卧室东向窗口边的小马扎上

戴着老花镜　弓着腰　手指

在膝盖摊开的书上　一行一行地移动

有时，是《蒙古往事》　有时，是《红楼梦》

如果是夕阳西下的时候　就相反

以同样的姿势坐在客厅西侧的窗户旁

出于常年节约的习惯　我的外公

成了一个追光者　像是向日葵

像是柳树　像是蚊虫　他们都是追光者

闪光的线圈　赐给稻谷以灿烂的金子

赐给游鱼　以银箔的外套

野花也会仰起布满花粉的脸

这是我最喜爱的时刻

从早到晚　日子与季节　在追光中

紧密地相连　直至永恒

我的外公深知三种语言：土地　自然

和不停轮回与循环的线圈：一个庞大的复数

就像太阳与月亮一样的稀松平常
也一样的　深刻稳固

# 学　费

"上学还差多少钱？　你别怕

我缝缝衣服　再摘了棉花攒给你"

我的外婆穿着浅蓝色短袖　刚从玉米地里

钻出来的她　额头上沁满了亮闪闪的汗水

那一年　我的外公没有逃过爱情的围追堵截

那一年　我的外婆还是一个勇敢而坚韧的少女


那一年　那个勇于追求爱的女孩　在田埂上

选择了她的命运　她一生的责任与负重——

从女孩到女人　外婆用黝黑的土地和勤劳的双手

帮助外公完成了学业　又拉扯大三男四女

后半辈子　夜以继日的劳累拖垮了她

使她瘫在床榻　长卧不起


命运的公平没能战胜肉身的因果

关于幸福　她没能得到任何应有的回馈

彼时她的外孙女尚且年幼　不懂命运的劲力

关于感恩与悲悯　她还需要缴纳人生的学费

子孙们的出生　代代与外婆密切相关

但她的死亡　却离子孙们那样遥远

要等到多年以后　在长长的铁轨那头
我才能感到故乡的田埂将心越拉越紧
外婆的笑容就是那根细线　紧绷我心头愧悔的血痕
梦里还是童年的午后　时光缓慢　迟钝　又滞重
见外公不在　伴随着电视里的《女驸马》　外婆努
　　努嘴
"你掀开我的床垫子　下面有一块钱　拿去买雪糕"

彼时我以为那样的时光是永久的
不知道时间会越跑越快　越跑越远
不知道我们与最亲近的人也会分散在彼此的命运里
不知道所有的现在都会消逝　成为过去的回忆
更不知道　有些回忆　终将成为终生无法偿还的债务
对于病榻上的老人　这个我称之为外婆的人
我也还没有来得及表达过一次　对于她的迟来的爱意

外婆　你走得实在太急太早了
你怎么就不等着我长大呢

# 两只竹筐

两只陈旧的竹筐　像两个老人
并肩坐在门口的木凳上　一声不响
打量着属于自己的苞米地、黄土和
一闪而过的鸟叫
打量着它们偏爱的　午后微风的缓慢
和褐色的岁月弥散在空气中那缄默

两只陈旧的竹筐　一年年
装载过很多东西　黄元帅、小酸梨
还有四粒红
现在它们　空空荡荡　竹条支棱
身上剩下的只是　缠绕的麻绳
浑身无力的麻绳　一脸疲态的麻绳

过去的日子里　它们如此深爱秋天
现下秋天在时光的阴影里　日子就老了
温暖和荒凉　都是一瞬间的事
那些年年岁岁的记忆定格
画面都还挂在树上　像从前它们总是
要收获一样　它们收获了一辈子的收成
如今

一阵风啊　一阵风就把它们摇落了
一树的果实
两只竹筐不知道　它们如何能够装载
它们第一次　面对收获如此平静
而不知所措

# 童年，在东北乡村的冬天

于风箱的呼呼声中醒来
土炕在身体下传递出温暖
睁开眼　整面的玻璃窗上是厚厚的窗花
冰挂悬在屋檐

在春天到来之前　人们还有漫长的时间
温度使闲聊聚在一处
花生与瓜子的外壳　像往事一样剥落
蒸腾的饭菜香气里
父辈们端起酒杯
酒精的热度　使心扉和身体一同打开

老人们在黑土地上　年复一年
他们虚构着自己过去的一生
而我眺望着远方　想象自己的未来

## 我是一个胃病患者


胃痛　又或胸潡　成为经常的事
我有太多消化不了的东西
应该听医生的话　戒掉那些
硬的　凉的　辣的
比如挑衅的眼神和冷言冷语
比如挂在嘴角不屑的笑和离去的背影
比如一个人回旋在一天的生活后
留下的困顿


我是一个病人　带着我病痛的胃
一天天　它的疼痛在各种的未知中
慢慢地　有着微乎其微
又或重之又重的　加深
暗藏的加深病痛　冷暖自知
那些消化不了的东西　支棱着尖角
将我的血肉磨烂刺破　化脓瘀水


我尝试过治愈　做过几次胃镜
将我的伤我的痛我被残破了的身体
看得清楚
也将那些锋利尖锐看得明白

看得清楚明白　却使我放弃了治愈
我守着我的无望和胃病　安静地
坐下来　就像一件破背心
被挂在月亮升起的枝丫上

# 万物使我缄默

· ·

出于羞惭　万物使我缄默
兴安落叶松油绿　好像集体哭过一场
于是午后饮马　在斜枝下稍立片刻
南风带来一生错过

吹长了一串雁子的阵形　云层低垂　而天空悲伤
昨天的话一如往常　端坐在今天的树枝上
——那果实曾经甘甜而如今酸涩
耐心等待　时间　把它酿成美酒　以及更多的沉默

我同树木一样无所事事
或席地而坐　读乏味的书　写下无用的文字
不发一言
或看两株虞美人　在风上相爱　相爱又分开

林间营营有声：一场隐秘的对话
潮湿的风向惺忪
天空随雨水一同降落　一种辽阔的战栗
飞鸟如箭　倒影是留恋一切以及淡漠一切

# 和美的下午

在下午四点的炎热中
一切静得有如透明
从卧室的窗子
可以望见老城的轮廓

蝉在鸣响
你在工作

# 明亮的事物各有千秋

夏日午后于荷塘，仿佛轻烟入梦
此处草木葱茏，荷花硕大，长短句般的白鹭
毫无章法。寂静过后，远离野心梦想
不贪恋，不奢求，如云止于瓦蓝
而明亮的事物各有千秋

蝉鸣初起时，一群女人从地里归来洗藕
古树苍苍，新叶颤抖，溪水有光斑
而荷花圣洁。我的扇子不敌清风
吹不出草木的平仄。有人在炊烟里读出远方
田地里豆荚与水稻各得其所

因为信仰高洁，荷塘安宁
我说荷，其实就是说到生活的背后——
那不增不减的疼痛与福祉
可以说，可以忍，可以外表柔软而内心坚毅
可以深入泥沼而高举头颅
可以端守素心且静默慈悲

三只游鱼成佛，掌管前世今生，一方净土
还原为无用之身，在山野，在庭院

在暗香浮动的万亩荷塘
我钟情于这人间宽阔处的每一个时辰
以及这忽然而至的透明和纯真

# 于一切事物中仿佛我不在

南风微醺吹起在下午
一株植物能够多么幸福　夏日赤裸
绿的是草　是木　是拔节的骨头
我和我的身体澄澈透明　全然无辜

鸟儿短鸣轻率　花朵无知　但美丽
我与山刺玫并肩
像一切沉静的姐妹　站在峡谷的风中
而花絮悬垂飘零如同情话　轻　并且柔

在此一切纯粹而不可言说
呼吸即空间　此间丰盛　因自然天性崇高
河流在阴影内奏起冷淙琴音
然万籁俱归寂
我们从未有能力　扰乱夏天的沉着与镇定

是的　自然一任万物
丰沛的茁壮　荒芜的悲苦
——大循环　大平衡　退开最远的洞悉之眼
那年年来过的如今返回　却又不一样
我们抓不住它　但它却握住了你

永远在盼望的是新鲜的事物

河水前赴后继　但持久　一种暗示

——失去是通往本真的唯一之途

飞鸟穿透身体　如风冲撞于树林

群神缓缓而行　布施万物

# 午后东山岭

山风忽东忽西地吹着。在东山岭，
一切都忽然静止了下来。比如水流于此
突然折返了身子。比如云朵缓慢，树木庄严。
比如风筝和蝴蝶都自有去向，一只麻雀飞过，
过一会儿又飞回了原点。

我在山间走着，有时停留一会儿。
微风里的田野将绿浩浩荡荡地散落一片，
湖水用云朵轻轻擦洗着身子。一座山，首先
属于土地，其次是对时间无限的接近。
阳光正好，山脊、植物和我平分着光阴。

寺前的红丝带在捕捉着风。古树下是大片凉荫。
我无所期待，只是静静地坐在那里。时光的轮回
总有小小的悲悯。人们生活得多么用力，又多么
虚张声势。一株草怔了许久，在若有似无的风里。
在这个下午，我和它一样，属于沉默又迟缓的木性。

## 存在于深薮

林间褶皱起伏　掬出自身流水如往昔岁月
草色之下　遍地是不可辨别的苦味与姓名
有树倒折　腹内空空　但枝叶尚且绿着
喊不出疼　也无从听见它内心的回声

光影斑驳使枫叶明灭不定　有枫的地方
必然有寺院庙宇　无人供奉的香火被
篱笆与石阶孤立　睫毛上停留着倾斜的光线
你垂下金色的眼睑　又重新步入往事的脚印

不断向下开垦的事物伤痕累累
大青沟　坐落在人间荒漠之上　独自建筑着绿洲
依旧有自然的垂怜：在沟谷内放入风
在水曲柳下安置几只松鼠

若我迷路　就能找到自己死而复生的荒草
若我恻隐　大地还能举出更多惊立的林木

# 钓　鱼

三十五岁之后
他多了一个体面的习惯

周日的下午
一整条河的鱼
都在阳光里悬浮

他并不怎么喜欢钓鱼这件事
只是这时所有的人都非常自觉
不发一言
——他向人们借来了自己的时间

# 我想给你寂静的爱

我感到你很疲惫，你微笑着
我看着你微笑的脸，但我知道
它忍受过，抗拒过，言不由衷过
也提心吊胆地孤独过

我想给你寂静的爱，不用太多
短暂就好，足够容纳彼此的悲哀
让留白去解释那些难辨的命运
我抱着你的目光，就抱着
我们爱过的所有人

今晚，居室亮着
灯光平静如我们的心绪
宁定的夜色将使睡息安全
让波涛的安眠曲摇荡在你枕上
海闪烁着釉光，星星聚集

即使这样短暂
时辰那么圆，为我们守候
以苦苦的支持，和宽容的耐性

# 苦痛的灵魂红色地穿过故土

## ——致屈原

经历了数次荒凉的流放，他走在
早已烧焦的旷野之中，挣开萧艾攀缘他的枯黑的手
只有冷星光，不断敲击，他一路隐隐作痛的白骨
在树木的阴影里，他周而复始，清点历史和过往的年头
夜风明亮、静寂如砒霜，如山冈上他暴露的崇高的痛苦

如果圣洁意味着驱逐，即使时光的洪流回返，他也
将毫不犹豫地坦白同样的道路，并对自己
进行一次真诚的求索与叙述。月亮浑圆如大荣耀
高悬在永恒的墓碑上空。他站起身来，林中雾霭
逝水般游动忧虑、激愤、绝望和祷祝

而他由情操谱写的悲歌更为坚强，如同
楚国的灰色界石，纷乱歧路间，他是凛然不动的端正
黑暗里他将命运交出，孤鸟悲鸣，荒野也随之释放了
　疼痛
耿介之人恰如鸷鸟之不群：清白以死直，忍尤而攘诟
岂可与蠖虫腐蛆，或魔鬼的唇舌为伍？

于是他走去，复踏上一条艰深的小路

决绝更甚于鼓荡的狂风，更甚于汨罗江水的汹涌
朝阳跃起之时，荆棘纷纷炸裂，一座燃烧的山丘
苦痛的灵魂红色地穿过他悲恸的故土，他知道
这一生，将无处可去，亦无地可留。

# 日头苍白地停留在山冈

——致屈原

如同江水冲溃堤坝，肆虐着漫溢而出
秦国的军队占领了郢都。
直到溃败，他们才记起那一幕：那时
他因被控告，被污蔑，全然灰色地离开宫殿
然后就是这。这就是结束。

唯余宿命的沉默，他缓缓登上山边，孤独如暮
内心的城池不断坍塌，那些叫喊他已不再大声重复
寂静如此熟悉，恰如死亡，他又一次将自己献出
仿佛一个优雅的错误——
所有荒凉的道路，所有的铁，所有的石头。

他怀抱沉重的斑岩如怀抱一切：一切即虚无。
江水温柔地接纳着，无限宁静而安然地
他走入。
越来越坚实，越来越冷漠，越来越郑重
沉没的他滚烫的胸膛，和痛苦的额头。

树木投下庄严的影子
合拢的水面上，万物完整、椭圆而恒久。

这就是最后一次
日头苍白地停留在山冈上
更巨大，更模糊，更冷。

**图书在版编目（ＣＩＰ）数据**

时间附耳轻传 / 苏笑嫣著.-- 武汉：长江文艺出
版社，2020.11
（第 36 届青春诗会诗丛）
ISBN 978-7-5702-1882-0

Ⅰ. ①时… Ⅱ. ①苏… Ⅲ. ①诗集－中国－当代
Ⅳ. ①I227

中国版本图书馆 CIP 数据核字(2020)第 205378 号

特约编辑：曾子芙

责任编辑：王成晨　　　　　　　　责任校对：毛　娟

封面设计：璞　间　　　　　　　　责任印制：邱　莉　　工光兴

出版：　长江出版传媒　｜　长江文艺出版社

地址：武汉市雄楚大街 268 号　　　邮编：430070

发行：长江文艺出版社

http://www.cjlap.com

印刷：湖北新华印务有限公司

开本：850 毫米×1168 毫米　　　1/32　　　印张：5.25　　　插页：4 页

版次：2020 年 11 月第 1 版　　　　2020 年 11 月第 1 次印刷

行数：3128 行

定价：46.00 元